Wolfgang Prinz

Geistesblitz-Cocktail

By Wolfgang Prinz, Reichenbach/Vogtl., 2014
Herstellung und Verlag: BoD - Books on Demand, Norderstedt
Umschlaggestaltung und Illustrationen: Thomas Trauf

ISBN 978-3-7322-6607-4

Inhalt

Hauptsache gesund 4
„Weisheiten" 10
Gute Ratschläge 12
Logisches 14
Freie Fahrt... 17
Über die Dummheit 19
Dies und das 22
Nur Wortspielereien? 25
Tierisches 29
Das liebe Geld 34
Kurz und knapp („bei Kasse") 37
Marktwirtschaftliches 38
Werbung, Werbung über alles 40
Werte 43
Lüge und Wahrheit 46
Alles was Recht ist 48
Gestorben wird immer 51
Narren und Weise 54
Narreteien zum 11.11. 55
Feine Leute 57
Leute 59
Kurz und knapp 60
Das Fest der Liebe 62
Verliebt,...,verheiratet,... 64
Liebe – kurz und knapp 72

Hauptsache gesund

Mit Diagnosen ruiniert man sich die beste Gesundheit.

Es gibt praktische Ärzte und – unpraktische.

Für Dachschaden ist der Psychiater zuständig,
bei Wasserschaden der Urologe.

Mit jedem neuen Doktorbuch wird das Leben gefährlicher.

Wer Zweieinhalb-Zentner-Damen auf die leichte Schulter nimmt,
landet ganz schnell beim Orthopäden.

Wenn ein Studierter erst nach fünfmaligem Schneiden merkt,
dass die Patientin ein Holzbein hat, dann sollte **er** mal
den Arzt wechseln.

„Das ist doch kein Beinbruch", schäkerte die
Schwester, nachdem sie beide Arme des Unglücksraben eingegipst
hatte.

Chirurgen werden nach Schnittmengen bezahlt.

Wer mit dem Kopf unterm Arm zum Spezialisten kommt, sollte
zuerst die Halswunde versorgen lassen - Infektionsgefahr!

Nur Eingeweihte dürfen in Eingeweiden wühlen.

Wenn ein Psychiater feststellt, dass du in 120 Persönlichkeiten ge-
spalten bist, kann er für die Gruppentherapie mindestens eine halbe Million verlangen.

Der gesunde Menschenverstand liegt auf der Intensivstation. Ob er durchkommt...?

Ein Glückspilz, wer sich im Krankenhaus nichts geholt hat.

„Herr Doktor, das Überbein, was Sie mir wegoperiert haben, ist nicht wiedergekommen."
„Sehr bedauerlich."

> „Haribo macht Kinder froh
> und "Dentisten" ebenso."

Zahnärzte ärgern sich über jeden, der nicht auf den Mund gefallen ist.

Für viele Mediziner ist in der Praxis die Theorie - weit weg.

Wenn ein Wunderheiler mal krank wird, muss er zum Arzt.

Akuter Hausarztmangel auf dem Lande? Früher halfen auch die Veterinär-Kollegen aus...!

Humanmediziner sollten sich für ihre Kranken mehr Zeit nehmen. Sie finden mit Sicherheit noch was. Es lohnt...

Wer einem Patienten die richtigen Pillen reinsteckt, kann viel aus ihm herausholen.

Devise der Pharmaindustrie: Für die Gesundheit, unser höchstes Gut, ist nichts zu teuer. Altbewährte Hausmittel dagegen sind bedenklich - für ihren Umsatz.

Bedürftige müssen sterben, weil sie kein Geld für die Medizin haben. Wohlhabende vertragen oft die Pillen nicht...

Je gefährlicher die Kapseln, desto unverständlicher die Beipackzettel.

Bei solchen „Risiken und Nebenwirkungen" vergeht einem jede Krankheit.

Wenn Mama den Papa mit seinen Unpässlichkeiten nicht zum Arzt bringt, kann sie wegen unterlassener Hilfeleistung belangt werden.

Die alleinerziehende Mutter riss sich für den einzigen Sohn ein Bein raus, damit er studieren konnte. Jetzt will ihre Krankenversicherung nicht zahlen.

Hilft totsicher:
Wer seine Letzte an der Oberleitung anzündet, wird garantiert Nichtraucher.

„Ach, Herr Doktor, ich kann nachts kein Auge mehr zumachen."
„Dann schlafen Sie einfach mit offenen Augen. Andere tun das doch auch."

Geld ist der gefährlichste Infektionsherd.

„Demenz wird zur Volkskrankheit." (Freie Presse vom 11.6.2009)
Kein Wunder, bei dem Fernsehen...

Ein Leben auf der Sonnenseite fördert Hautkrebs.

So manche Zuckerpuppe hat auch im Alter Zucker.

Liebe macht bettlägerig.

Grippevorsorge: Wer keine Zeitung liest, ist weniger in Gefahr.

Wie gefährlich die Schweinegrippe wirklich ist, haben die Bundesländer eigenverantwortlich zu entscheiden.

Hämorriden gehen manchen glatt am A... vorbei.

Wenn durch die Ernteausfälle der Gerstensaft auch teurer wird, können sich viele die ärztlich empfohlenen zwei Liter Flüssigkeit am Tage nicht mehr leisten.

Schönheitsrezept: Auch Bier glättet Falten - am Bauch.

Viele neue Wehwehchen sind chic, kommen in Mode und verschwinden - nicht wieder.

Einreiben hilft bei alten Leuten, eine Abreibung bei Jüngeren.

Wenn die Sehkraft nachlässt, wird die Flimmerkiste erträglicher.

> Rauchen ruiniert den Körper,
> Alkohol den Geist,
> Fernsehen beides !

Elfriede liebte ihre Wehwehchen heiß und innig, hatte immer was. Als ihr nichts mehr fehlte, wurde sie totsterbenskrank.

Wer öfter mal Messer und Gabel beiseite legt, gibt nicht so schnell den Löffel ab.

Abnehmen beginnt im Kopf, sagt man. Aber, wer da abnimmt, schafft's nie.

Sie ließ sich immer die Butter vom Brot nehmen, bekam ihre Bikini-Wunsch-Figur.

Nachdem Mandy mit diversen Schlankheitsmitteln, Diäten und Hungerkuren ihren Magen gründlich ruiniert hatte, nahm sie dauerhaft ab.

Experten warnen:
Fettabsaugen macht nachweislich nicht schlank!
Besser ist es, Problemfälle auf den Grill zu legen.
Aber Vorsicht: Abtropfendes Fett, das in der Glut verbrennt, kann Krebs erzeugen.
Also, immer eine Abtropfschale benutzen.

Wohlfühltipp: Man sollte nie mehr essen als reingeht.

Weil sich der Hausherr selbst die größte Portion sicherte, bewahrte er seine Gäste vor Magenverstimmungen.

Als die Puste nicht mehr für den Alkoholtest reichte, wurde er zum Laufen verdonnert. Seitdem geht es ihm besser - gesundheitlich.

„Kraft seiner Wassersuppe" blieb er von vielen Zipperlein verschont.

Fastenzeiterkenntnisse: Hunger beschert unbekannte
                            Glücksgefühle, reichlich Starkbier
                            fördert die innere Einkehr.

Gesundheitstipp: Jeden Tag Gassi gehen - auch ohne Hund.

Ein Lauf in der Frühe schützt vor einem Einlauf am Abend.

Weil die neue Therapie nach hinten losging, war seine Verstopfung wie weggeblasen.

Einst joggten sie zusammen - sich fast die Seele aus dem Leib. Jetzt bejammern sie ihre Gebrechen. Sowas verbindet.

Lieber Hals- und Beinbruch riskieren, als sich um Kopf und Kragen reden.

Ein Wunsch, der Ärzte krank macht: „... vor allem Gesundheit..."

„Weisheiten"

Wer keine Macke hat, ist nicht normal.

Er war sein größtes Vorbild, ihn übertraf keiner.

Kompletter Blödsinn wird eher geglaubt als einfacher Quatsch.

Ungereimtes wird auch durch Reime selten verständlicher.

Schweigen kann sehr vielsagend sein.

„Was ich nicht weiß, macht" - andere „heiß".

Tellerränder können Horizonte versperren.

Große Geister scheitern an Kleinigkeiten.

Fettnäpfchen machen glattes Parkett noch gefährlicher.

Schüsse, die nach hinten losgehen, bringen andere vorwärts.

Sturmerprobte geraten bei Windstille leicht ins Wanken.

Ein Leben auf der Überholspur ist gepflastert mit Kreuzen am Pistenrand.

„Unabhängige" müssen sich entscheiden: Soll es auf- oder abwärts gehen?

Nestbeschmutzer pfeifen auf den Mainstream.

Hackordnung: Zuerst kommt der Chef,
           am Ende das Feuerholz.

Enthüllungen sind interessant, Hüllenlose weniger.

Wer vor Kraft kaum noch laufen kann, kommt schlecht voran.

Altersweisheit: Krönung des Leichtsinns der Jugend.

Lotterleben schützt vor Müßiggang.

Im Urlaub ein bisschen verwildern bringt uns der Natur näher.

Gute Ratschläge

Mit einer Fernbedienung könnte sich der Ober viele Laufereien ersparen.

Täglich einmal schwitzen ist gesund. Es kann auch beim Essen sein.

Leute mit langer Leitung kann man mit teuren Vorwahlnummern lange in der Leitung halten.

Ein Brett vorm Kopf ist der beste Hohlraumschutz.

Wenn du nichts zu tun hast, sag Bescheid, damit ich dir helfen kann.

Angebrannte Bratkartoffeln? Gab´s gestern: Heute kann ein Rauchmelder das Schlimmste verhindern.

Man sollte Locken- und Glatzköpfe nicht über einen Kamm scheren.

Gott sieht alles, wer aber hinter der Gardine steht, sieht mehr.

Weltruhm garantiert: Mit einem „Kochbuch für des Teufels Küche".

Gehe abends mit schmutzigen Füßen ins Bett und stehe früh mit sauberen wieder auf. Dann hast du die Bettwäsche endlich begriffen!

Sie konnte aus dem Satz lesen, bevor der Kaffee getrunken war, brauchte keine Horoskope.

„Wer nicht hören will, muss" - Ohropax nehmen.

Je später der Abend, desto gefährlicher die Gäste.

Die meisten Dinge im Leben haben zwei Seiten. Die andere sieht oft besser aus.

Wer die Nase vorn hat, sollte nicht popeln.

Wenn die Ablage ordentlich geführt wird, findest du auch unter „Pf" deine Pfeife.

Tipp für hohe Herrschaften: Vor dem Bad in der Menge sollte man wenigstens mal duschen.

Guter Ruf schränkt Freiheit ein.

Wer mit dem Rücken zur Wand steht, ist vor Arschkriechern sicher.

Bei der weltweiten Klimaerwärmung ist es riskant, zu viele Probleme auf Eis zu legen.

Statistik macht Schönreden glaubwürdiger.

Nimm ein Ei mehr - bei Protesten.

Wer die Zeichen der Zeit versteht, kann Zeichenlehrer werden.

Logisches

Wer seine Stammtischbrüder auf dem Heimweg hinter sich hertreibt, geht nicht verloren.

Auf teurem Teppichboden fällt ein Brötchen stets mit der Marmeladenseite nach unten.

Wenn der Rock nach dreimaligem Abschneiden immer noch zu kurz ist, liegt's am Bandmaß.

Weil Hochwürden ordentlich zulangen konnten, lag Gottes Segen über dem Brautpaar.

Nachdem die sündige Zensi fromm wurde, hatte der Pater für ihre Beichte kaum noch Zeit.

Als er sich selbst anrief, war besetzt. Dann telefonierte sein anderes Ich. Der beste Beweis für eine Persönlichkeitsspaltung!

Wenn ein Penner bereits das Etikett auf der Bierdose lesen kann, dann ist er er kein Analphabet mehr.

Weil gnä´ Frau vorher zwei Maß reingeschüttet hatte, konnte sie auf dem Bankett ganz vornehm an den Likörchen nippen.

Wenn Bier doch mal Rotweinflecke macht, ist der Wirt schuld.

Wer schon Huschinsbett heißt, kann nicht noch einen Fahrradladen aufmachen.

Sie hatte eine sehr bewegliche Zunge, konnte ihm das Wort im Munde rumdrehen.

Er wuchs ständig über sich hinaus, brauchte immer neue Klamotten.

Bei längerer Flaute im Lottogeschäft stehen die Sterne günstig wie nie für plötzliche Gewinne.

Wenn abends die Sterne beleuchtet werden, wohnen dort auch welche.

Weil Karl vor ihr auf dem Lokus saß, war er der Vorsitzende.

Wer Flöhe husten sieht, hört auch des Gras wachsen.

Nachdem der Junggeselle seinen Saustall in Ordnung gebracht hatte, lebte er wieder in geordneten Verhältnissen.

Wenn eine Schraube locker ist, kann´s auch an der Mutter liegen.

Wer nicht alle Tassen im Schrank hat, kriegt auch Socken und Unterhosen noch mit rein.

Weil deine Uhr nach wie vor geht, brauchst du keine neue.

Weil zu wenig Regen fiel, musste eine neue Regierung her. Beten allein half nichts.

Wer das Hemd vor dem Bügeln auszieht, vermeidet zwar Brandblasen, kann aber kein Schmerzensgeld einklagen.

Als der Tote seine Miete weiter bezahlte, gaben die Ämter Ruhe.

Auch Müsli-Riegel machen Muskeln, wenn man fleißig trainiert.

Wenn drauf steht, dass es frisch ist, dann isses frisch! (Der Schimmel hat nichts zu sagen).

PS: Sollte Ihnen das eine oder andere unlogisch vorkommen, dann denken Sie doch mal scharf nach...!

Freie Fahrt

Wer mit dem Wagen länger unterwegs ist, kann mehr Restalkohol abbauen.

Vorbildliche Kraftfahrer wissen immer, wo die Blitzer stehen.

Das Navi unterstützt Gehirnfasten.

Schwere Entscheidung für einen Eilkurier: Umfahre ich nun die blöden Fußgänger oder fahre ich sie um...?

Personen auf der Fahrbahn? Das erledigt sich bald von selbst - im Berufsverkehr.

Wer auf dem Zebrastreifen überfahren wird, hat ausgesorgt.

Porschefahrer wissen: Langsamfahren erhöht den Neidfaktor.

Ex-Grünen-Außenminister Josef Fischer wurde vor Jahren BMW-Berater (Freie Presse vom 21.9.2009). Er versteht was von Autos, war mal Taxifahrer.

Wenn ein Dummkopf ordentlich aufs Gaspedal tritt, potenziert sich sein schwacher Geist.

Hochmut kommt vor dem Unfall.

Wer ist beim Idiotentest der Idiot?

Auch Boliden können zuweilen fliegen. Aber ein Flugzeug hat die längere Puste.

Für Rennfahrer-Memoieren ist es nie zu früh.

Wilde Tiere in der Brunft: BMW durchbricht einen Wildschutzzaun an der A 72.

Weil der Fahrer zu wenig Profil hatte, halfen auch keine neuen Reifen.

Wer bei Rot gemächlich über die Kreuzung schlendert, lernt Autofahrer kennen.

Als der Bankräuber mit dem Polizeiauto flüchtete, konnte er sich an seiner Verfolgung beteiligen.

Über die Dummheit

Keine Macht der Welt
kann trennen,
was Dummheit
zusammenhält.

Als ihr der Reiseleiter den Ort aufschrieb, wusste die Tussi, wo sie die schönsten Wochen des Jahres verbracht hatte.

Kein Blödsinn ist „genial" genug, um nicht noch überboten zu werden.

Wovon die Welt sprach:
Bobele (Boris Becker) heiratet wieder:
„Das Super-Mega-Ereignis der Extraklasse"
live in RTL. (Freie Presse vom 6./7.6.2009)

Mitunter gehen linke und rechte Hirnhälfte getrennte Wege.

Manche fallen beim kleinsten Denkanstoß um.

Denken ist für Ochsen wie Hochverrat.

Auch Dummköpfe wälzen zuweilen dickflüssige Gedanken, die aber meistens in Hirnwindungen steckenbleiben.

Geistlosen hilft der Zeitgeist, sie heben Mittelmaß auf Spitzenplätze.

Horoskope geben Einfältigen Halt.

Glück: Schweigen eines Dummkopfes.

Ein Tölpel weiß: Ich gucke Fernsehen, also bin ich.

Je einfältiger die Leute, umso seichter die Unterhaltung.
Oder ist es umgekehrt?

Sinnfrei stört am wenigsten.

Die Glotze macht Flach- und Schwachsinn gesellschaftsfähig.

Anspruchsvolle Sendungen gefährden die Volksverdummung, gehören ins Nachtprogramm.

„Kinder haben das Recht, nicht zu verblöden." (ARD/ZDF-Werbebotschaft, Focus 51/2007) Also-Fernseher aus!

Jedes Volk bekommt das Fernsehen, das es verdient.

Die Kleinen müssen Dummheiten der Erwachsenen ertragen, bis sie groß genug sind, eigene zu machen.

Der Rechtsanspruch auf Dummheit ist unkündbar.

Investitionen in die Dummheit lassen höchste Renditen erwarten.

Manchmal hat man den Eindruck: Auch Dummheit ist vererbbar. Ob das Gen je gefunden wird...?

Lehrermangel und derzeitige Bildungskonzepte garantieren:
Für die Zukunft der Dummheit besteht in Deutschland kaum eine Gefahr.

In welche Schulen sind eigentlich die Millionen deutscher Analphabeten gegangen? (Es besteht Schulpflicht!)

Wenn Dummheit stirbt, bleiben Wunder aus,
                         schwinden Hoffnungen,
                         platzen Träume,
                         zerfallen Imperien,
                         herrscht Chaos...
bleibt wenig übrig.

Dies und das

Wer übers Wasser laufen kann, sollte auch schwimmen können - vorsichtshalber.

Schräge Typen haben andere Perspektiven.

Seit es den Rotwein in Tetrapacks gibt, hängt er nicht mehr an der Flasche.

Geistesblitze kommen selten aus heiterem Himmel, bei Angeheiterten schon.

Von einem guten T r o p f e n geht der Durst nicht weg.

Feuer unterm Hintern erschwert das Aussitzen von Problemen.

Wer so blauäugig ist, kommt selten mit einem blauen Auge davon.

Einäugige wissen: „Mit dem Zweiten sieht man besser."

Wenn alte Zöpfe abgeschnitten werden, geht es haarig zu.

Erfolgreichen Architekten fällt nichts mehr ein.

Nachdem der Bauer den Faulpelzen gezeigt hatte, was eine Harke ist, mussten sie aufs Feld.

„Glaube kann Berge versetzen." Aber Dynamit ist zuverlässiger.

Wer die Musik bestellt, sollte auch auf den Ton achten.

Der Blondine war es unbegreiflich, dass sie bei dem Blatt ihr Nullspiel ohne Dreien mit 58 Augen verlieren konnte.

Männer hören mit den Augen besser.

Kratzer an Leib und Seele wecken Interesse,
makellose Schönheit langweilt.

Ein Leben in der Horizontalen erweitert kaum den Horizont.

Wer keinen Widerspruch duldet, sollte mit Blumen sprechen
oder - Selbstgespräche führen.

„Denken ist Reden mit sich selbst." (Immanuel Kant)
Aber nicht jeder, der Selbstgespräche führt, denkt auch.

Nadelstreifen sind allen Kleinkarierten suspekt.

In einen hohlen Kopf passt viel Müll.

Wer nicht ständig erreichbar ist, erreicht mehr.

Brächte ein handyfreier Sonntag das Leben zum Erliegen?

Bildungsoffensive: Buchstabensuppe - für Analphabeten 50 % Rabatt.

Einbildung: Fallobst vom Baum der Erkenntnis.

Müßiggang ist aller Laster Anfang.

Auch bei Klugscheißern ist entscheidend, was hinten rauskommt.

Wer den Kopf in den Sand steckt, sieht nicht, wer ihn in den Hintern tritt.

Viele haben große Rosinen im Kopf. Aber das Sagen haben meist Korinthenkacker.

Wer sich selbst nicht findet, sucht vergeblich nach dem Sinn des Lebens.

Speichellecker sind gentechnisch leicht zu überführen.

Wer sich so elegant verbeugen kann, lernt schnell das Verbiegen.

Beamte auf Lebenszeit haben das Leben noch vor sich - nach der Pensionierung.

Experten sind verunsichert: Es läuft was normal.

Weil jeder was anderes darunter verstand, wussten alle Bescheid.

„Was lange währt" - kann dauern.

Wer zuletzt lacht, hat die längste Leitung.

Auf einer langen Bank lassen sich viele Probleme aussitzen.

Nur Wortspielereien ?

Einem Dirigenten den Taktstock zu stehlen, ist taktlos.

Krimi-Anfang: Aus eiligen Schüssen werden voreilige Schlüsse gezogen.

Weil die Tote neben den Akten lag, wurde nach Aktenlage entschieden.

Manche Frisuren sind haarsträubend.

Außer Ordentlichen gibt es außerordentlich viele Unordentliche.

Sissi's Füße zu waschen war reinste Sisyphusarbeit.

Faschingsüberraschung im Fitness-Studio: Passend zum Rumkugeln auf der Matte spendierte Yvonne Rumkugeln.

Nachdem Foxl acht Tage lang Beifußtee getrunken hatte, klappte es mit dem Kommando „bei Fuß" schon ganz ordentlich.

Früher häkelte Oma Topflappen, heute kauft sie mit dem Laptop ein.

Am Tage sangen sie fromme Lieder, nachts ging es liederlicher zu.

Hoteliers sind begeistert über ein volles Haus, aber entgeistert, wenn im Hause alle voll sind.

Für manche (Bayern) ist die Maß das Maß aller Dinge.

Da er gerade einen sitzen hatte, konnte er nicht mehr gerade sitzen.

Als die Polizei ihn abführen wollte, begann das Abführmittel zu wirken.

Nicht alle, die über allem stehen, überstehen alles.

Schleichern kommt man schlecht auf die Schliche.

Wer weniger fernsieht, lernt wieder sehen.

Denkverbote sollten zu denken geben.

Ein Mann mit zwei Gesichtern kommt selten zur Einsicht.

Wer sein Heil in der „heilen Welt" sucht, kehrt oft „geheilt" zurück.

Viele, die ein bewegtes Leben hinter sich hatten, haben wenig bewegt.

Es war ein glänzender Einfall, sein Jubiläum einfach ausfallen zu lassen. Endlich fiel er mal auf.

Erfahrene Reiter wissen, was im Fall eines Falles zu tun ist.

Eigene Tore und Eigentore sorgen für wechselseitige Begeisterung.

Außer Haus sind manche ganz aus dem Häuschen.

Wie kommen wir zurück? Die Retourkutsche ist bestellt!

Die Weisheit des Alters:
Mit 95 hatte er genügend Verstand, um die Welt zu verstehen.
Leider verstand sie ihn nicht mehr.

Wer im Alter das Kleingedruckte nicht mehr versteht, sollte sich nicht auf´s „Große Glück" einlassen.

Die unbekümmerte Jugend machte von jeher den Alten Kummer.

Frühe Bildungslücken hinterlassen im Alter Zahnlücken.

Viele neue Klänge finden bei Älteren kaum Anklang.

> Moderne Logik:
> Unsinn, der was einbringt, hat Sinn.
> Sinn, der nichts einbringt, ist Unsinn.

> Wer Verluste erwirtschaftet,
> muss vor Gewinnen warnen.

Früher dominierten"Hauen und Stechen". Heute kommt man mit Bestechung weiter.

Kavaliere sind selten geworden, ganz im Gegensatz zu Kavaliersdelikten.

Manche Gebühr wird über Gebühr erhoben.

Wer zu solchen Rechnungen fähig ist, kann nicht ganz zurechnungsfähig sein.

Nur wenige verdienen, was sie verdienen.

Beziehungen helfen mehr als Bezugsscheine.

Mitbestimmung: Wer was hat, darf sich melden.
> Wer nichts hat, hat nichts zu melden.

So sehr schwand sein Guthaben,
dass „Freunde" ihm einen Hut gaben.

Erfolge haben viele Väter, bei Misserfolgen mehren sich Vater-
schaftsklagen.

Geschäfte unter der Hand nehmen überhand.

Wer nur austeilen kann, der teilt selten.

Krumme Sachen werden nur den Geraden übel genommen.

Die „Flucht nach vorn" endet oft mit einem Rücktritt.

Der Mensch ist doch recht unvollkommen,
eigentlich bräuchte er vier Augen:
Zwei vorn - für die Vorsicht,
zwei hinten - für die Rücksicht.

Wenn viele Kleine großen Mut aufbringen,
müssen wenige Große klein bei geben.

Tierisches

Hunde, die bellen, pinkeln Briefträgern nicht ans Bein.

Weil der Hauswirt keine Tiere duldete, brauchte der Pekinese eine Greencard.

Wenn ein abgerichteter Briefträger einen Wachhund beißt, muss die Post zahlen.

Als ein „Hochwohlgeborener" Straßenköder beschnüffelte, fielen Standesunterschiede.

Wenn´s Fiffi juckt, kann´s auch am Frauchen liegen.

Jeder Wille hat ein bisschen Schwund,
es nagt der innere Schweinehund.

Nicht alle, die auf einem hohen Ross sitzen, können auch reiten.

Sogar für Amtsschimmel gibt es Gnadenhöfe.

Wenn Pferde vor der Apotheke kotzen, liegt´s an den hohen Zu-
zahlungen.

Als in Sachsen das schönste Rindvieh (Miss Sachsen in Schwarz-
Weiß) gekürt wurde, waren garantiert nicht alle Anwärter am
Start.

Ochs und Esel an der Futterkrippe können jederzeit das mit der
Jungfrau und dem Kinde bezeugen.

Weil die Kühe gar nicht lila sind, verstehen viele Kleine die Welt
nicht mehr.

Wenn das Gift bei der Mast den Ochsen nicht umbringt, landet es
im Sonntagsbraten auf unserem Tisch.

In Krisenzeiten sollten auch „Heilige Kühe" ins Melkkarussell ge-
schoben werden.

Buntgescheckte lieben Mozart, geben mehr Milch; Rock stimmt
sie eher lustlos. Techno treibt die Rinder zum Wahnsinn.

Schwarze Schafe sind im Dunklen schwer auszumachen.

Sündenböcke taugen selten zur Zucht.

Wenn ein brünstiger Elefant von einer liebestollen Mücke angelockt wird, gibt's Mottifanten.

Zu viele Pleitegeier fressen den Bundesadler auf.

Weil das blinde Huhn reichlich Körner fand, wurde der Pflegesatz gestrichen.

Wenn aus Krähen Kanarienvögel werden, ist Wahlkampf.

Sprechende Kibitze schweben in Lebensgefahr.

Tauben freuen sich über jedes neue Denkmal.

Wölfe im Schafspelz bringen ihre Schäfchen meist ins Trockene.

Endlich frei, jubelte der Nager, als er im Hamsterrad die Drehrichtung wechseln durfte.

„Ratten verlassen das sinkende Schiff."
Politiker halten den Daumen auf's Leck.

Echte Zugpferde lassen sich vor jeden Lobbykarren spannen.

Unternehmen Zukunft (DB):
„Die Weichen sind gestellt." Schafe weiden schon zwischen den Schienen das Gras ab.

Wo sich Fuchs und Hase „Gute Nacht" sagen, ist die Welt noch in Ordnung.

Wildschweine, Füchse, Waschbären und viele andere, fühlen sich im Großstadt-Revier am sichersten.

Wenn ein Betthäschen durch den Blätterwald hoppelt, spricht sich das unter Tierfreunden 'rum.

Die Kröte im Brunnen hält das Stück Himmel über sich für das Universum.

> Ein Wurm knusperte am Turm.
> Der fiel im Sturm, mit viel Lurm.
> Ist das nicht zum Gottserburm?

Jeder Maulwurf sollte als nützliches Tier unter strengen Schutz gestellt werden - beim Nachbarn.

Solarleuchten im Garten? Ganz wichtig, damit auch nachts die Wühlmäuse nach nebenan finden.

> Ein Junikäfer im August
> hat von allem nichts gewusst.

Der Stubentiger hält den Mäusezirkus für das Paradies.

Wenn der Löwe nicht so einen dicken Kopf hätte, könnte er durch die Gitterstäbe ausbüxen und die Zoobesucher fressen.

Für den Papiertiger reicht ein Käfig aus Aktendeckeln.

Affen können Fernsehmüll von guten Sendungen unterscheiden (Freie Presse vom 16.6.2010). Sie sind manchen Zweibeinern überlegen.

Der Mensch ist das einzige vernunftbegabte Wesen,
aber Tiere sind vernünftiger.
Der Mensch schuf die Atombombe,
aber keiner Maus würde es je einfallen,
eine Mausefalle zu ersinnen.
(frei nach einem Einstein-Zitat)

Das liebe Geld

Wer genügend Moneten hatte, galt schon im alten Rom als ehrbar.

Schwarz-Weiß-Rot:
Weil Schwarzgeld bei Herren mit „Weißer Weste" in guten Händen ist, zeigt auch das Rotlicht-Milieu Interesse.

„Erfolgskonzept":
Mit Schwarzgeld über schwarze Kassen zu schwarzen Zahlen?

Viele, die es nicht nötig haben, tun es. Aber die, die es nötig hätten, haben nichts – um Steuern zu hinterziehen.

Wer bei einer Bank was anlegt, sollte sich nicht mit ihr anlegen.

Kreditinstitute sind großzügig, wenn jemand schon mit Unsummen in der Kreide steht.

Banker wissen, „Glücksspiel kann süchtig machen."

Überreizen wird beim Skat bestraft, im Bankwesen mit Milliarden vom Staat honoriert.

Wer damit rechnet, dass zwei mal zwei fünf ergibt, bekommt auch Finanzprobleme in den Griff.

Börsenberichte: Der Fantasie sind keine Grenzen gesetzt...

Wenn Bank u n d Kunden ordentlich verdienen, geht meist der Fiskus leer aus.

Private Vorsorge lohnt immer - für Versicherungen.

Sparbuch: Dümmste Art der Geldvermehrung - für Millionäre.

Finanzkrise: Ist das Land gerettet, wenn seine Banken wieder schwarze Zahlen schreiben?

Geeintes Europa : Beim Euro hört die Freundschaft auf.

Was eine Hausfrau weiß, bringt manchen Finanzminister um den Verstand.

Wenn du zu einer Schrothkur fährst, lernst du immer Leute mit Schrot kennen.

Wer neue Rechnungen nicht mehr bezahlen kann, muss alte begleichen.

Wenn einer Kommune das Wasser schon bis zum Halse steht, braucht im Gemeinderat nur einer „Spaßbad" zu sagen...

Bei Millionären und Hartz-IV-Empfängern spielt Geld keine Rolle.

Gravitationsgesetz der Demokratie: Großes Geld zieht Kleingeld an.

Reiche sind überzeugt, das Leben besteht nicht nur aus Arbeit.

Arme können nicht rechnen, sagen die, die sich arm rechnen können.

Trennung von Kirche und Staat:
Die Kirche sammelt offiziell für die Armen,
Der Staat inoffiziell für die Reichen.

„Wohlstand für alle" (Ludwig Ehrhard) - vermehrte die Armut.

Wenn sich Geld zu weit ´rauslehnt, fällt es leicht von der hohen Kante.

Ein Multimilliardär hatte Unsummen verspekuliert, sah keinen Ausweg mehr und legte sich auf die Schienen. Jetzt liegt er im Krankenhaus - mit Lungenentzündung. Der ICE war ausgefallen.

Banker, die gegen die eigen Bank wetten und sie anschließend in den Ruin fahren, können es noch weit bringen...

      Geht zuerst die Welt unter und dann das Geld?
      Oder ist es gerade umgekehrt?

Kurz und knapp („bei Kasse")

Omis Sparstrumpf: Sicherste Altersvorsorge.

Euro: Spielgeld von Banken.

Falschgeld: Der Schein trügt.

Bankenhochhaus: Schuldenverwahrturm.

Steueroase: Sumpflandschaft.

Geldwäsche: Hobby von Saubermännern.

Schwarze Null: Idealer Finanzminister.

Finanzkrise: „Rette sich wer kann."

Marktwirtschaftliches

Früher lag alles in Gottes Hand,
heute liegt´s an den Märkten.

Wenn Räuber nicht mehr in der Höhle wohnen,
machen sie mehr Beute.

Erste Regel des Marktes: Mein Wohl geht vor Gemeinwohl.

Seit Ellenbogen in Verruf gerieten, halfen Netzwerke weiter.

„Immer für Sie da," sagen Berater, wenn – es was zu holen gibt.

Ein Unternehmer, der nicht ständig was unternimmt, wird über-
nommen.

Ganz Große werden nicht „gefressen", sie sterben an Bewegungs-
mangel.

Wenn du fabelhaft verkaufen kannst, reicht Hauptschulabschluss.

In der Schule glänzte er durch Unvermögen, schrieb immer ab.
Später machte er mit Abschreibungen ein Vermögen.

Als die Firma plötzlich nicht mehr existierte, hatte jemand den
Briefkasten „geklaut".

Nachdem sich der Chef saniert hatte, stand seinem Konkurs
nichts mehr im Wege.

Wenn Frischfleisch auf den Markt kommt, werden Abgehangene
von der Stange genommen.

Weil das Auto mit den Flaschen durch die Gegend gefahren ist, muss der Wein von dort kommen.

Wenn bei Norma die ersten Pfefferkuchen auftauchen, geht die Badesaison langsam zu Ende.

Der Anbau von Bio-Erzeugnissen hat Mühe, mit den Angeboten Schritt zu halten.

Wenn windige Unternehmer in die Sparte einsteigen, kann man die Windkraft zur Energiegewinnung in den Wind schreiben.

Nachdem Kommerz die Berge überrollt hatte, gingen Lawinen zu Tal.

Wenn Wasser zu Geld wird, trocknen Flüsse aus.

Die Wegwerfgesellschaft macht Millionäre.

Bausparkassen wissen immer: Nie war der Traum vom Eigenheim günstiger zu verwirklichen - als jetzt.

Wenn der neue Betonklotz Traumrenditen abwirft, passt seine Architektur in den mittelalterlichen Stadtkern.

> Gut gehütetes öffentliches Geheimnis:
> Wer nicht bescheißt , wird beschissen.

Werbung, Werbung über alles

Ohne Werbung wüsste niemand, was man alles - nicht braucht.

Gegen Lob und Werbung kann sich keiner wehren.

Reklame rechnet mit denen, die nicht rechnen können.

Stete Werbung höhlt den Geist.

Falls mal Angebote von der Rolle kämen, würden sie -bestimmt- vor Gebrauch gelesen.

Neue Werbeidee: Nutzung der Schleimspuren von Schleichern als Werbefläche für Schleichwerbung.

Wenn ein Holzkopf ausgehöhlt wird, passt noch mehr Tamtam rein.

Weil am Wartehäuschen Werbeflächen fehlten, war es unnütz.

Wenn der Krimi nicht bald durch Nerviges unterbrochen wird, mach´ ich noch in die Hosen.

Traumhausverkäufer wissen: Es gibt sie wirklich, die „blühenden Landschaften".

„Brillen zum Nulltarif": Quelle des Reichtums von Fielmann?

„Jede Woche eine neue Welt," versprach Tchibo. Überschlugen sich die Revolutionen?

„Der ´Manne´ Krug ging solange zum Brunnen (Geld scheffeln), bis die T-Aktie brach.

„Auf Dauer billig" verspricht eine Lebensmittelkette. Auch wenn alles immer teurer wird ...?

Ein simples Kastenbrot, mit englischem Schnickschnack garniert... Da zahlt eine brave Hausfrau gern etwas mehr.

Seit der Wende wissen sogar Ossis: „Nudeln machen glücklich."

Was Politiker und Pfaffen übriglassen, „das schafft nur Werbung."

Kundenfänger sind überzeugt: Für die Wahrheit fehlen der Werbung Personal und Geld.

Risiken und Nebenwirkungen

...Damit bleiben Sie immer auf der Überholspur, versprach der Werbespot.

Ein Youngster glaubte daran, wurde immer besser, überholte sogar seinen Chef. Der nahm das übel und kündigte ihm.

Jetzt muss die Werbung zahlen. Sie hatte vergessen, vor Risiken und Nebenwirkungen zu warnen.

Werte

Die Sonne scheint für alle,
aber Plätze an der Sonne sind rar.

Der Schein bestimmt das Bewusstsein,
Scheine das Sein.

Vom Bauen: Wer hoch baut, sagt was.
Wer höher baut, hat was zu sagen.
Wer am höchsten baut, hat das Sagen.

Gebäudereiniger sind systemrelevant,
sie halten die Fassade sauber.

Äußere Werte: 90/60/90

Als silicongestützte Wunder vom Sockel fielen,
zerplatzten Hoffnungen.

Nonplusultra für Teenager: Ein Modelvertrag!

Nachdem ein Sturm über's Land gefegt war, wurde auf der Documenta aus einem hochkarätigen Gerümpelhaufen Kunst.

Wenn mehr Luft drin ist, sind die Brötchen größer.

Welchen Wert hat ein Goldener Käfig in Krisenzeiten?

Die Freiheitsstatue ist innen hohl,
wie die meisten Denkmäler.

Ehrlichen werden selten Ehren zuteil.

Wenn du es dir leisten kannst, ist Anständigkeit was Schönes.

Bescheidenheit wird sehr geschätzt - bei Abhängigen.

Ämter erwarten Ehrlichkeit von den Leuten, nicht nur bei der Steuererklärung.

Wenn harte Unternehmertypen über den Sinn des Lebens nachdenken, verschwenden sie kostbare Zeit.

Privat geht vor Perspektive.

Wie viel Moral braucht jemand, um Millionär zu werden?

Wenn es um Umsätze geht, sind Vorsätze schnell vergessen.

„Vertrauen ist gut" - „Kontrolle" schränkt Freiheit ein, schadet dem „Geschäft."

Schürfrechte rangieren
vor Menschenrechten.

Wenn ungeborenem Leben Erbkrankheiten, Hunger und Elend erspart bleiben, stehen Grundwerte auf dem Spiel.

„Die Würde des Menschen ist unantastbar." (Artikel 1 Grundgesetz)
Wer fühlt sich zuständig? Wo fängt er an, der Mensch, wo hört er auf?

Seit 2001 das Prostitutionsgesetz in Kraft trat, „verstößt Sex gegen Geld nicht mehr gegen die guten Sitten." (Freie Presse vom 4.5.2011) Wie schon im alten Rom...!

Was vielen Menschen angetan wird, verbietet der Tierschutz.

Wenn sich der Mensch nicht mehr vom Tier unterscheidet, ist die Kreatur überlegen.

Falls mal die Natur umfassend vor dem Menschen geschützt wird, überleben beide.

Deutungshoheit über „Gut" und „Böse" setzt Wertmaßstäbe.

Für Kaiser, Gott und Vaterland zogen noch vor einhundert Jahren Soldaten in den Krieg. Heute müssen dafür „Demokratie", „Freiheit" und "Menschenrechte" herhalten. Wer darüber Genaueres wissen will, hat den Sinn dieser „Werte" nicht begriffen.

Wenn Feindbilder wegbrechen, stehen Grundwerte auf dem Spiel.

Gerechtigkeit hängt von der Interessen- und Kassenlage ab.

Ohne den „Kostenfaktor Mensch" hätten wir vielleicht das Paradies auf Erden.

Die Zeit wird immer schnelllebiger. Alles wird teurer, nur Werte sind immer billiger zu haben.

Die Rückbesinnung auf Werte findet hauptsächlich in Predigten und Sonntagsreden statt. Wochentags geht es ums Geschäft.

Lüge und Wahrheit

Für die Wahrheit gibt es Karnevalsorden - kein Bundesverdienst-kreuz.

Tatsachen bringen die „heile Welt" durcheinander, gefährden öffentliche Ordnung und Sicherheit, unterliegen meist strengem Datenschutz.

Aufdeckung der Wahrheit: Vorbereitung zum Hochverrat.

In einem Lügengebäude muss jede Wahrhaftigkeit mit einer Räumungsklage rechnen.

Wahrheit, die schockiert, bringt Quote.

Pressefreiheit:
Nicht alles, was gedruckt wird, ist wahr.
Aber, nicht alles, was wahr ist, wird auch gedruckt.

Zuweilen entscheiden Umfragen über Lüge und Wahrheit.
Was die Mehrheit glaubt, ist „wahr". So viele können doch nicht
irren.

Mit Statistik wird so mancher Regierungs-"Traum" wahr.

Manche lügen, wenn sie den Mund aufmachen, einige schaffen
das sogar mit Schweigen.

Wenn Politiker in einer schwachen Stunde mal Realitäten aner-
kennen, ist Nachsicht geboten. Sie sind zuweilen auch nur Menschen.

Weil der junge Mann vor dem Lügenausschuss so gekonnt die Tatsachen verdrehte, prophezeiten ihm Freunde noch eine steile
Karriere.

Je dünner das Eis, desto dicker die Lügen.

Etliche lügen mit falschen Prophezeiungen richtig.

Wenn sich unter Politikerlügen die Balken biegen, dann sorgt Demokratie für Stabilität und Sicherheit.

Als sich Volksvertreter beim Täuschen keine Mühe mehr gaben,
wurden sie unglaubwürdig.

Pinocchios Nase wuchs bei jeder Unwahrheit.
Was wächst bei Regierenden?

Alles was Recht ist

„Zwei Jahre, wieder nur auf Bewährung. Scheiße! Im Bau hätte ich bei den Jungs wenigstens noch was lernen können."

Wenn Betrüger Freigang haben, bleiben sie in Übung.

Weil die Ganoven glaubten, im Gefängnisneubau besser residieren zu können, wollten sie dafür am 1. Mai auf die Straße gehen.

Wenn nicht alle reinmüssen, die hinter Gitter gehören, können Politiker aufatmen.

Wer in die Mühlen der Justiz gerät,
lernt den Rechtsstaat kennen.

Kleine Gauner landen im Knast,
größere erhalten Bewährung,
ganz Große kommen frei,
die Größten ins Geschichtsbuch.

Wenn Justitia sehen könnte, wäre sie schockiert.

In einem Rechtsstaat wissen Richter und Staatsanwälte, was von ihnen erwartet wird.

Urteile werden „Im Namen des Volkes" gefällt. Sind Richter die besseren Volksvertreter...?

Recht schaffen und rechtschaffen sind zweierlei.

„Wünsch dir was", hieß es früher. Heute werden auf dieser Basis Gesetze zusammengeschustert. Problem gelöst?

Menschenrechte dauern,
Unmenschliches geht schneller.

Kann nur ein „Rechtsstaat" festlegen, wer Menschenrechte einhält oder gegen sie verstoßt?

Gerechte Gerichte? Ein Gerücht!

„Die Kreativität der Kriminellen ist grenzenlos." (Freie Presse vom 30.9.2011) Dem Schengener Abkommen sei Dank...

Urlaubsvorbereitung: Vergessen Sie nicht, die Termine auf Ihrer Homepage bekanntzugeben. Das gibt Einbrechern mehr Sicherheit.

Deutsche Gerichte sind zunehmend rechtsblind und rechts blind.

Was haben Grundgesetz und die Bibel gemeinsam? Beide lassen sich „interessenorientiert" auslegen.

Wer auf die Einhaltung der hehren Ziele des Grundgesetzes pocht, gefährdet die Demokratie.

Welche Institution schützt eigentlich das Grundgesetz vor dem Bundesverfassungsgericht?

Hobby Karlsruher Richter: Der Bundesregierung diktieren, wo es langzugehen hat.

Wenn´s genug Paragraphen gibt, sind Ursache und Wirkung belanglos.

Verständliche Gesetze: Alptraum jedes Winkeladvokaten.

Ohne Paragraphendschungel wären Rechtsverdreher orientierungslos.

Gesetz: Auslege-Ware.

Einfältige verbeugen sich vor dem Recht, Clevere beugen es.

Tüchtige Anwälte können viel anrichten.

Als ein Knallerbsenstrauch durch den Maschendrahtzaun wuchs, versagte alle Rechtssicherheit.

Gestorben wird immer

Erben wissen: „Geiz ist geil."

Ihr Tod ging ihm sehr nahe, er erbte eine halbe Million.

Ein Eigenheim bietet finanzielle Sicherheit im Alter. Wer es verkauft, kann sich einen Heimpflegeplatz leisten.

Abschied eines Clowns
Er war zeitlebens ein lustiger Vogel,
schrieb sogar seinen Nachruf selbst.
Den Erben blieb das Lachen -
im Halse stecken.

Sterbegeldversicherung: Bausparvertrag für die letzte Bleibe.

Frau Haase, meine über 90jährige Gartennachbarin, erklärte mir oft, sie hätte keine Zeit zum Sterben, muss sich doch um ihren Jungen kümmern.

Erblich Vorbelastete sollten sich lieber nicht auf's Erbe verlassen.

Pilze waren das Leibgericht seiner Tante. Als der .Neffe aber einmal ihr Sparbuch sah, ging ihm das Pilzbuch nicht mehr aus dem Sinn...

Wenn die Chemie stimmt, ist es bald aus mit der bösen Alten. Vorausgesetzt, sie nimmt die Tropfen regelmäßig.

Immer wieder Krach mit der Schwiegermutter?
Schenk ihr eine Nachtfahrt auf hoher See.
Bewirte sie königlich auf dem Kutter,
aber sage ihr zum Abschied auch: Ade...
(Das gehört sich für einen Gentleman)

Bestatter bieten Schnäppchenpreise an. Doch Opa hat mal wieder Brille und Hörgerät verbummelt.

Wenn du immer nur vom Sterben r e d e s t, wird das nix!

Was ist von Interesse an deinem Ende?
Immobilien, Klunkern und Kontostände!

Schulden können den lieben Erben
die Laune manchmal total verderben.

Nur armen Schluckern bleibt ein Trost:
Prost!

Im Bett sterben die meisten Menschen, wusste mein Vater. Ein feiner Grund, als Student dem „Verein der Bettschoner" beizutreten.

Viele fürchten sich vor dem Tod: „Das überleb` ich nicht."

Wenige nehmen ein Geheimnis mit ins Grab, weit mehr ihre Schulden.

Der Trainer stellte für das Spitzenspiel eine schlagkräftige Mannschaft zusammen. Es gab viel rote Karten, Verletzte und...

„Schalke bietet Gräber für Fans an." (Freie Presse vom 25.7.2012) Bei jedem Heimspiel – dabei!

Weil sein Jugendtraum, zur See zu fahren, nicht in Erfüllung ging, gönnte er sich zum Abschied eine Seebestattung.

Im Toten Meer ist es kein Problem, toten Mann zu spielen. Bei einer toten Frau wird es schon komplizierter...

Hartz-IV: „Zum Leben zu wenig, zum Sterben" - reicht´s auch nicht, bei den Bestattungskosten.

Was zu deinen Lebzeiten wirklich wichtig war, scheint allein der Trauerredner zu wissen.

Das Leben vor dem Tode wirft mehr Fragen auf, als man zum Leben nach dem Tode beantworten kann.

Als Kain seinen Bruder Abel erschlug, begann lt. Altem Testament die Geschichte der Menschheit. Wird sie auch so enden?

Tod durch unterlassene Hilfeleistung könnte einst auf dem Grabstein für den homo sapiens stehen.

Narren und Weise

Zehn Weise haben nicht soviel Fantasie, wie ein Narr fragen kann.

Weise lernen von Narren. Aber - lass dich nicht von Weisen zum Narren halten.

Narren sagen die Wahrheit,
Weise denken darüber nach.

Narrensitzungen werden groß übertragen. Wenn jedoch Weise zusammenglucken, reicht es bestenfalls für eine Randnotiz.

Drei verschrobene alte Schachteln bringen mehr Quote als eine weise Frau.

In einem Narrenhäusel hätten viele Weise Platz.

Ohne die „Weisheiten" der Halbwelt, den Schwachsinn mancher Ämter und Bürokraten, ohne Aberglauben, Vorurteile und anderen Hokuspokus hätten Narren wenig zu lachen.

Ein „erfahrener" Hofnarr könnte es locker mit einem ganzen „Kompetenzteam" aufnehmen. Zu tun gäbe es bei „Hofe" reichlich...

Wer die Bürde eines hohen Amtes abschüttelt, kann Narrenfreiheit genießen, sollte für Unruhe und Schlagzeilen sorgen.

Die Drei Weisen aus dem Morgenlande wären auch heute noch hochwillkommen. Mit Erdöl, Dollars und anderen „Schätzen" im Gepäck würden sie wie Heilige im Abendland angebetet.

Narreteien zum 11.11.

Wer schon früh verblödet, macht abends keinen Ärger.

Ob das Glas noch halb voll oder schon halb leer ist, hängt - vom Durst ab.

„Ein gefundenes Fressen" sollte man vor Verzehr wenigstens abwaschen.

Fische lieben Kartoffelsalat - bei Windstärke 12 auf hoher See.

Wer seinen Rüssel überall reinsteckt, kriegt zuerst die Schweinegrippe.

Mancher hat nicht nur den Schalk im Nacken, sondern auch seine Schwiegermutter.

Bei so einem entzückenden Dekolleté sieht man gleich, ob ihre Hochhackigen geputzt sind.

Achtung Schachspielerinnen: Ohne BH wird´s leicht eine Hängepartie.

FKK-Fans kennen am Strand jeden A... Ich auch!

Höherer Blödsinn kennt keine Niedertracht.

Stromspartipp: Wer auch bei Licht daneben pullert, braucht keine Klofunzel.

Vorbeugen ist besser als zu kurz pinkeln.

Es läuft nicht alles rund – bei Eierköppen.

Warmduscher erwischt's eiskalt - beim Anblick der Wasserrechnung.

Passend zum Sturz des Chefs gab's in der Betriebskantine Schlachteplatte.

Was bringt das Aussitzen von Problemen? Amtssesselhämorriden!

Wenn Sesselfurzer nicht mal mehr ein Bier annehmen dürfen, lässt sich kaum noch was vernünftig regeln.

„Du, stell Dir vor..."
„Nee, ick stell mir lieba dahinta..."

Kein Licht am Ende des Tunnels? Draußen ist es auch finster!

Hätte Adam mit der „Flotten Lotte" vorher Apfelmus gemacht, wäre der Sündenfall nicht passiert.

„Gekappte Kabel legten gestern (Faschingsdienstag) den Bundestag lahm" (Freie Presse vom 9.3.2011). Endlich mal Zeit für Pappnasen - das Grundgesetz zu lesen!

Feine Leute

Feine Leute stellen eine Putze an,
damit es bei ihnen sauber zugeht.

Aus gutem Hause dringt kein Krach nach außen.

Kleine Gefälligkeiten halten die vornehme Sippschaft zusammen.

Bewährtes Erfolgsrezept: Mehr Schein als Sein.

Wenn der Spross aus gehobenen Kreisen diverse Häuser aufsucht,
wird er salonfähig.

Vornehm getrennte Schlafzimmer bieten mehr Spielraum.

Eine feine Familie
Sie betrog ihn,
er betrog sie.
Die Kinder -
betrogen beide.

Ehrenmänner kennen die Spielregeln, wissen auch, was ehrenrührig ist.

Schrille Töne von Staatsanwälten und Steuerfahndern machen dem „Guten Ton" zu schaffen.

Ehrsamer Bürger: Betrüger nach Selbstanzeige und Steuernachzahlung in Millionenhöhe.

Kleptomanie: Beliebter Zeitvertreib von Töchtern aus edlem Hause.

Wenn die bessere Gesellschaft „Kunst" sponsert, sind anfangs Küsschen Pflicht, später mehr.

Eine „von und zu" träumt gern davon, was man mit dem Reichtum der Verehrer alles anstellen könnte.

Leute

„Was sollen bloß die Leute denken?" Denken sie überhaupt?

Das Meiste erlebt das Volk - vorm Fernseher.
Ohne Glotze käme unten wenig an.

Kleine Kinder und Leute plappern alles nach.

Wenn's was umsonst gibt, sind alle zur Stelle.

Viele wissen: Außerhalb der Hoheitsgewässer ist das Stück Butter billiger.

Fester Glaube der Leute schafft „Tatsachen", auf die Politiker bauen können.
Was gut klingt und die Menge „überzeugt", ist „wahr".

Leuten, die jeden Quatsch bejubeln, kann man viel unterjubeln.

Der kleine Mann weiß kaum, ob er noch am Sahnetopf sitzt oder schon gemolken wird.

Politikern ist es egal, was die Masse denkt. Hauptsache, sie kommt nicht auf dumme Gedanken.

> „Allen Leuten recht getan,"
> kommt vor Wahlen immer an.

Kurz und Knapp

Hotel Mama: Betreutes Wohnen.

Speisewagen: Essen auf Rädern.

Spritztour: Feuerwehreinsatz.

Status-Symbol: Intelligenz-Ersatz.

Zeitgeist: Philosophie Geistloser.

Alternativlos: Krone der Heuchelei.

Hausbriefkasten: Werbemüll-Zwischenlager.

Alkoholverbot: Schnapsidee.

Reißwolf: Gully für Brisantes.

Deutschland: „Wir sind Papst."
„Wir sind Oscar."
„Wir bleiben Kanzlerin."
Wir sind bescheuert.

Sonntagsrede: Predigt ohne Amen.

Bonsai: Hartz-IV-Baum.

Monarch: Teurer Arbeitsloser.

Armer Schlucker: Ende eines Schluckspechtes.

Stammtisch: „Parlament" von Lokalpatrioten.

Bauernschläue: Bodenständige Intelligenz.

Haustürabholung: Alptraum jedes Sicherheitsdienstes.

Männertag: Fahrt ins Blaue.

Altersstarrsinn: Rest vom eisernen Willen.

Beichte: Seelen-Striptease.

Sekte: Überlebensversicherungskonzern.

Unfallversicherung: Knochenkasko.

Müßiggang: Kultivierter Schlendrian.

Querdenker: Fels in der Mainstream-Brandung.

Arroganz: gepflegte Dummheit.

Tattoo: Gedächtnisstütze.

Chaos: Ordnungsprinzip des Genies.

Model: Wandelnder Kleiderständer.

Chefsekretärin: Abfangjäger.

Schönheitschirurg: Maskenbildner.

Fußball: Überdruckventil.

Das Fest der Liebe

Weihnachten steht vor der Tür - mir gebe nix!

Wenn du Gänsen einen bunten Lichterbaum versprichst, freuen sie sich auf das Fest.

Das schönste Geschenk für gestresste Mitarbeiter: Der Chef macht mal Urlaub.

Reisende können die Feiertage in vollen Zügen genießen.

Wer noch an den Weihnachtsmann glaubt, kann sich vor Heiligabend viel Stress ersparen.

Kinder rätseln im überfüllten Kinderzimmer, was sie sich noch wünschen könnten. Sind sie arm dran?

Frohes Fest und einen guten Rutsch wünscht Ihnen
                                        Ihr Abschleppdienst
Viel Neuschnee lässt hoffen.

Reicht auch Schnee von gestern für eine weiße Weihnacht?

Weil es am Jahresende schon beizeiten dunkel ist, wird kaum ein Weihnachtsmann beim Schwarzbescheren erwischt.

Wer zu den Feiertagen wegen jeder Flasche Pils extra aufstehen muss, sorgt für ausreichend Bewegung zwischen den Mahlzeiten.

Wenn sie sich als Geschenk auf den Gabentisch legt, kann leicht der Gänsebraten in der Röhre anbrennen. Also, Vorsicht mit dem Feuer!

Als sich die liebe Verwandtschaft am 4. Feiertag endlich verab-
schiedet hatte, konnten wir uns über die Reste hermachen. Dann
begann auch für uns das Fest der Liebe.

Verliebt, …, verheiratet, …

„Männer und Frauen passen einfach nicht zusammen." (Loriot)
Bis sie das Gegenteil entdecken...

Der Sündenfall erlöste Adam und Eva von gähnender Langeweile.

Damen wissen meist, wo`s langgeht, wenn ein junger Mann nach dem Weg fragt.

Männer gehen in die Kneipe,
Frauen ins Geld.

Eine große Liebe kriegt jeden Verstand klein.
Wenn sie dir aber nicht begegnet,
musst du dich mit Kleckerkram vergnügen, vorerst...
Kleinvieh macht auch Mist.

Ein Jungverliebter verspricht viel,
sie verspricht sich noch mehr.

In den ersten Wochen kennen sich Liebende am besten, später gibt sich das.

Eine Gerade ist der kürzeste Weg zum Ziel, aber Umwege sind reizvoller.

Liebesleute halten gern Händchen, damit sie nicht verloren gehen.

Ein Frischverliebter wollte einst in Bingen
seiner Holden unterm Fenster ein Ständchen bringen.
Der Blumentopf
traf ihn am Kopf.
Da war es aus mit dem Singen.

Die Partnervermittlung lädt ein - zum Beschnuppern.

Der neue BH: Die Erwartungen sind hochgeschraubt.

Gentlemen im gefährlichen Alter sind besonders gefährdet.

Evastöchter wissen: Oldtimer brauchen mehr Pflege, bieten aber manchen Fahrspaß, den jüngere Modelle nicht draufhaben.

Das erste Date: Balance zwischen Standhaftigkeit und Entgegenkommen.

Wenn du eine Lady ansprichst, kann´s passieren, dass s i e es ernst nimmt.

Sie weiß: Ein guter Ruf allein ist nicht alles...

Als sie ihm vorgestellt wurde, konnte er sich so einiges vorstellen.

Vor dem Grundgesetz sind alle gleich, hörte der Maurerlehrling. Also, nichts wie ran an das Millionärstöchterchen.

Der Tastsinn ist nicht nur für Tastaturen da!

„Sie lauern überall: Schwarze Löcher, die aufregendsten und rätselhaftesten Objekte im Kosmos." (Freie Presse vom 25.2.2011). Nicht nur dort...

Wer nicht handgreiflich wird, begreift das schöne Geschlecht nie.

Handauflegen kann Wunder bewirken - auf der richtigen Stelle...

Ohrfeige: Auftakt zum näheren Kennenlernen.

Der Versuch ist strafbar, heißt es vor Gericht.
In der Liebe wird er meist belohnt.

Sie fand ihn unwiderstehlich, bis er seinen Widerstand aufgab.

Beim Küssen werden Millionen von Bakterien übertragen.
Es stärkt die Abwehrkräfte und schwächt die Abwehr.

Er wäre ihr gern an die Wäsche gegangen, aber sie hatte leider nichts mehr an.

Für Untrainerte kann Sex ganz schön gefährlich sein.

Lebensmotto eines späten Fräuleins: Anständige tun sowas nicht.

„Es ist nicht nur Anstand, was ein Mädchen beim Manne sucht," verriet ihre Mama bei seinem ersten Besuch. Leider war er mit seinen zwanzig Lenzen noch zu anständig.

Als beide händchenhaltend im Mondschein auf der morschen Gartenbank saßen, war sie bald hin.

Er holte ihr alle Sterne vom Himmel und sich - einen Schnupfen.

Beim ersten Stelldichein sollte man sich's noch verkneifen, sie in den Allerw... zu kneifen.

Evastöchter, die wenig anhaben, können den Kerlen viel antun.

Nach glücklich überstandenen Flitterwochen denken manche - an's Heiraten.

Wenn man sich ein Weib nimmt, lassen sich leichter Probleme lösen, die man allein nicht hätte.

Bis zur Hochzeit waren manche ein glückliches Paar.

Eheringe sind für Ringe unter den Augen nicht nötig.

Auf jeden Topf passt ein Deckel, aber nicht jeder Deckel schützt vorm Überkochen.

Wer heiratet, findet Halt - zuweilen am Marterpfahl.

Trauschein ist keine Garantieurkunde.

Die meisten Gentlemen heiraten in Schwarz, trauern ihrer Freiheit nach.

Vor dem Junggesellenabschied brachte er Ordnung in sein Leben, heftete alle Verflossenen ordentlich ab.

Durch den Segen von oben ist man besser auf Naturgewalten vorbereitet: z.B. Blitzeinschlag, Erdbeben, Donnerwetter...

Ihr Brautstrauß war groß genug, verbarg allerhand.

Bei der Trauung flossen keine Tränen, ein böses Omen...

Weil Bigamie strafbar ist, durfte er die Schwiegermutter nicht mit heiraten.

Zuerst trug er sie über die Schwelle,
jetzt nimmt sie ihn auf den Arm.

Wer hat schon nach seinem Polterabend noch alle Tassen im Schrank?

Er sprang wie ein wilder Tiger ab und landete als Bettvorleger:
War die Ehe vollzogen?

Wenn beide ramponiert genug sind, gehen die Flitterwochen zu Ende, beginnt langsam der Ehealltag.

Ehe ist Kür und Pflicht: Punkte verteilt das Leben.

Geheimnis einer guten Partnerschaft:
                    Mit Geld und Sex haushalten,
                    aus Krach raushalten,
                    Macken aushalten.

Wenn die hundert Tage Schonzeit nach der Trauung vorbei sind, *muss* er abwaschen.

„Jeder Mensch hat etwas, was ihn antreibt."
Meist die eigene Frau.

Nach dem Judokurs hatte sie ihn besser im Griff.

Morgen-Idylle:
Beim Frühstück eine Gurkenmaske - für ihren Teint.
Zeitungslektüre - für seine Bildung.

„Immer mehr Deutsche sehen im Schlafzimmer fern." (Neues Deutschland vom 10.1.2011.) Und übersehen ganz, die Gute liegt so nah!

Wer vorher zu wenig gekostet hat, hält die Ehe-Hausmannskost für ein Gourmet-Essen.

Weil sie ihm immer öfter Körner und Müsli vorsetzte, musste er sich nach Fleischtöpfen umsehen.

Als sie auch noch ein Verhältnis mit dem Staubsauger anfing, machte er sich aus dem Staub.

Sie war ihm lieb und teuer, sein Gehalt reichte nie.

Sind besondere Belastungen in der Ehe steuerlich absetzbar?

Viele Ehemänner würden für ihre bessere Hälfte alles tun - außer Lösegeld zahlen.

Wenige bekommen im Ehestand das, was sie verdienen.

Hängt mal der Haussegen schief, helfen keine frommen Segenswünsche.

Mancher Bund fürs Leben dauert schon eine gefühlte Ewigkeit.

Sie essen nur noch hin und wieder zusammen Bratkartoffeln, ist die Ehe schon zerrüttet?

Die Gemahlin wollte jeden Tag nur das Beste für ihn, bis er was Besseres fand.

Als sie sich nicht mehr ausziehen ließ, zog er endgültig aus.

Wer die Raten für das Haus abgezahlt hat, kann sich eine Scheidung leisten.

Nachdem sie nicht mehr Tisch und Bett zusammen teilten, übernahm eine Kettensäge alles weitere.

Das Brautkleid sollte nach der Trennung nicht im Müll landen, Putzlappen werden immer gebraucht.

In einem Rosenkrieg wird selten etwas durch die Blume gesagt.

Die erste Liebe kann im Alter die letzte Rettung sein.

Wenn Lust in die Jahre kommt, wird es lustig.

Letztes Aufgebot: Manche braven Alten werden wieder zu jungen Wilden.

Grauköpfe wissen blutjunge Gefühle erst so richtig zu schätzen.

Wer einen „steilen Zahn" aufreißt, darf abends seine Dritten nicht ´rausnehmen.

Sex auf ärztliches Rezept könnte so manchem alten Zausel wieder auf die Sprünge helfen.

Wenn eine alte Hütte brennt, ist Löschen zwecklos.

Manchmal geht Lust nur noch mit List.

Machtwort des neuen Platzhirsches: „Der Neunender über den Betten muss weg. Ich kann nicht, wenn der zuguckt."

Lustige Witwen können sehr listig sein.

Wenn das Weibsbild nach so vielen Affären immer noch blendend aussieht, dann guck dir mal die Opfer an.

Als der alte Zausel bei den Damen überhaupt keine Chancen mehr hatte, machte er auf Moral.

Liebe - kurz und knapp

Sparflamme: Liebchen in Krisenzeiten.

Geld-Heirat: Schein-Ehe.

Gruppensex: Intim im team.

Liebe: Bargeldloser Verkehr.

Ehe: Verkehrsberuhigte Zone,
    Steuersparmodell.

Kuss: Lippenbekenntnis.

Heißer Liebesbrief: Fernheizung.

Sicherheitsabstand: Perfekte Verhütung.

Anstand: Spaßbremse.

Vaterschaftstest: Sein oder nicht sein(s).